あなたの香り

曽原紀子

鉱脈社

目次

曽原紀子エッセイ集

ひむか日和

一番の桜　85

装幀　榊　あずさ

曽原紀子エッセイ集

あなたの香り

ひむか日和

あなたの香り

恋に落ちる瞬間がある。

彼は私の目をまっすぐに見つめ、形のよい唇は何か言おうとしている。私は静かに待っている。

やがて彼は、左手に持っていたスーパーマーケットの袋から、淡黄色のミカンのような実を取り出して手渡してくれた。

思わず
「これ何？」

二十年ぐらい前、私は初めて「日向夏」を見たのである。

家でとれたという日向夏を持ってきてくれた小学二年生の彼は、

「知らんと？」

と冷たい口調だった。

もちろん食べ方もわからず、知人の女性に剝いてもらった。彼女は、黄色い皮だけを剝き、白い皮はつけたまま実をそぎ落として皿にきれいに並べた。

また思わず、

「これ何？」

当然、白い皮まで食べることを知らなかったのだ。

ところが一口食べたとたん、私は日向夏に恋をしてしまったのである。

白い皮はふわふわして甘く、ジューシーな果肉と程よいバランスである。甘くないのに酸っぱくない。そういえば淡黄色の皮の色は上品だし、形もどこやら白磁の壺の曲線にも似た滑らかさだ。作家、中村地平も日向夏に注目していたようで、著書の中で詳しく触れている。

日向夏は、文政年間、宮崎市の真方安太郎氏の屋敷内で偶然発見されたものを増やしていったと言われている。私の住んでいる清武町でもたくさん作られている。

先日店先で露地物の日向夏を見つけることができて嬉しかった。二月ごろのこの時期、毎年日向夏が春を連れてくるような気がする。

日向夏は宮崎県だけで作られているのかと思っていたら、そうではなく、高知県や愛媛県など他の県でも作られているというのを、先頃初めて知った。

宮崎県には日向夏を使ったいろいろな商品がある。ドレッシングやジュース類、お菓子類など、多種多様である。日向夏ワインは、どんな料理にも合う。

独特の香気は格別なものがある。私はこの香りに恋をしてしまったのだろう。

日向夏は春の訪れを告げ、やがて夏の到来を知らせてくれる。こんなに好きになれる果物に出合えるなんて、宮崎に住んでいて良かったと思う。

店先に並んだ三個入り種なし日向夏を早速買ってきて食べながら、映画を一本見た。

チャップリンの「街の灯」。目の不自由な花売り娘に恋をした浮浪者のチャップリン。コメディなのに、やるせなく、胸がしめつけられるような映画である。

花売り娘の手をとって愛の言葉をささやく浮浪者チャップリン。ラストで目が見えるようになった花売り娘が浮浪者の手をとる場面。私はなぜかこの映画を見ると匂いを意識してしまう。サイレント映画なので想像の余地は広いし、ヒロインの花売り娘は目が不自由なので視覚以外の感覚に頼っていただろうと思ってしまうためだ。

日向夏を食べながら見る『街の灯』は、酸っぱくて噛みしめると甘い恋の香り。いつもとは違った。

ああ、私に初めて日向夏をくれた八歳の彼は、今頃どうしているかしら。きっとどこかで恋をしていることだろう。

太陽のタマゴ

「マンゴーを送ってくれへん。ワイドショーを見ていたら、東国原知事が、おいしそうに食べてはったわ。あれ送ってね。『太陽のタマゴ』とかいうやつ」

関西に住む母から電話があった。七月頃の話である。

「いいよ」と軽く返事をして電話を切った。受話器を置いたあとに気付いた。そういえば、宮崎に住むようになって、二十三年経つのに、私は「太陽のタマゴ」なる完熟マンゴーを食べたことがないのである。それどころか、生マンゴーを食べたことすら、数えるほどしかない。宮崎の完熟マンゴーは、近年、都市圏ではブランドになっているのに、宮崎県に住む私の口には入ってこないのである。

知事が、一生けんめいにPRしてくれるから口に入らなくなったのではない。もともと、私のような庶民の口とは、仲良くしない果物だったような気がする。

以前から、宮崎空港の土産物店では、マンゴーを見ていた。「太陽のタマゴ」というネーミングも神々しく、上品な箱に行儀よく収まっていた。「わたしはそこらの土産物とはちょっと違うのよ。姿だけでなく味もいいのよ、うっふん」なんていう、マンゴーの呟きが聞こえてきそうで、買うなどという大それた考えに至ることはなかった。

東南アジアあたりから入ってくるマンゴージュースや缶詰は、手頃な値段で馴染みが深く、味も大好きだ。けれど、生マンゴーはなかなか身近にはなく、あっても、結構な値段なのだ。

マンゴーの本格栽培が宮崎で始まったのが、一九八六年、「太陽のタマゴ」の愛称がついたのが一九九八年（平成十年）だそうだ。南国をアピールするにふさわしい、熱帯の香りのする果物だと思う。

このところ全国放送のテレビ番組で、何度も「太陽のタマゴ」が紹介される。いかにも甘そうでジューシーな果肉を見ると、何だかあせる。「これはどげんかせんといかん、何とか口に入れてみんといかん」と、思わず知事の口真似をしてしまう。

それでも、買おうにも、やっぱりちょっと手が出にくい値段だし、今年の夏は品薄でもある。そうこうするうちに、夏が過ぎ、宮崎の完熟マンゴーの季節は終わってしまった。

振り返ってみると、今年の夏、二回、マンゴーが口に入った。一度も口に入らない夏もあるのだから、今年はラッキーだった。もちろん、「太陽のタマゴ」ではなく、小ぶりの完熟マンゴーの方である。二度とも、いただきものだ。

「マンゴーはうるし科だから、食べるとかぶれるとよね。だから、あげる」と、知人の一人は言っていた。「かぶれる体質でも、口の周りや手をすぐに洗えば大丈夫ですよ」と言ってもよかったのだが、そんなことは言わずに、ありがたくいただいた。

生生しくねっとりとした甘みが舌にからみついて、口いっぱいに広がる感じは、やはりジュースや缶詰では味わえないものだ。ああおいしかった。

来年こそは「太陽のタマゴ」を味わってみたいと思っている。そういえば、宮崎の夕日は深みのある赤い色で、「太陽のタマゴ」そっくりである。ここから名付けられたんだなと考えて、ふと新聞を見た。朝刊の写真に載っている東国原知事の顔は、マンゴーの形にそっくりだった。

いもがらぼくと

「よか男はみんな、西南の役で亡くなったもんね。残った者は……」

二十年以上前、若い私にそう教えてくれたのは、衣紋を大きく抜いて粋に着物を着ていたおばあさん。確か九十歳に近かったと思う。

西南戦争で出征した方と何かロマンスでもあったのねフフ、とその時は何気なく思ったのだが、今思うとそんなことはあるはずもない。

一八七七年の西南戦争のころに恋ができる年齢だったなら、少なくとも百歳は超えていたはずである。

それよりも、残っている男性はカスだと言わんばかりの口調に、現在の夫と付き合っていた私は、ちょっぴり悩んだものである。すてきな男性だと思っていたのに、「うーんカスだったのか」

とはどうしてもうなずけなかった。

宮崎の男性の代名詞は「いもがらぼくと」だそうである。「いもがらぼくと」の民謡曲の中に出てくる言葉だ。今年も「えれこっちゃ宮崎」の祭りで、何度も聞いた。

この言葉を初めて耳にしたとき、何となくほめ言葉だと思った。ところが、「いもがらぼくと」は、里芋の茎で作った木刀のことで、見かけは立派だが中は空洞、たたいても痛がらないお人好しという意味だということでがっかりしてしまった。

お隣の鹿児島県の男性の代名詞は「薩摩隼人（さつまはやと）」である。隼人は、大和政権に対して毅然《きぜん》とした態度をとった人々として、万葉集にも出てくる。実にかっこいいではないか。

熊本県の男性は「肥後もっこす」。もっこすは意地っ張りのことだそうで、よい意味だとばかりは言えないが、それでも、芋がらよりはましである。

高知県は「いごっそう」。信念を曲げない気骨がある人のことだそうで、すてきだ。

だいたい芋がらなど見たこともない。里芋の茎が立派などと聞いたこともない。もっといい表現はなかったものかと思ってしまったのである。

一方、宮崎の女性は、「日向かぼちゃ」にたとえられている。色は黒くて派手さはないが、おいしいことは天下一品。芯がしっかりしている働き者と言われている。

日向かぼちゃは見かけが悪い、と紹介している文章を読んだことがあるが、そんなことはない。小ぶりでしっくりとした持ち加減の、色も形もキュートなかぼちゃなのである。

私の周囲の宮崎女性は、おおらかで明るくて、ちょっぴり気が強くて美人ばかりである。行動力のある女性も多く、「あなたについていきます」という気持ちになってしまう。

実は、先日初めて里芋の茎を見た。すっきりとまっすぐに伸びていたし、干したものの煮物は味が染み込んでいて、たいそうおいしかった。

そう考えると、「日向かぼちゃ」と「いもがらぼくと」の組み合わせはいいのかもしれない。積極的で味のある日向かぼちゃに、素朴な芋がらが、うま味を吸収しながら誠実な態度で寄り添っていく。「いもがらぼくと」もなかなかいいものなのだ。

結婚して十九年、我が家の「いもがらぼくと」様は、若いころと同じに温和であたたかな人柄のままだ。

あのときの色っぽいおばあさんに、カスなんてとんでもないと言いたい。私が「日向かぼちゃ」じゃないことだけが残念だけど。

プロポーズする日

「結婚してください。あなたを一生大事にします」

これは先日読んだ小説の中に出てくるプロポーズの言葉である。木枯らしの吹く寒い日、公園のベンチに座った恋人どうしが身を寄せ合っている。彼といることは嬉しいが、彼女は骨の随まで冷えきっている。その中で言われたプロポーズの言葉。

彼女の答えは何とノーだった。確かに、曇天の下、鼻水をすすりながら受けるプロポーズは、心も冷えてきて思わず断ってしまいそうである。

では、プロポーズに適した天気があるとすれば、どんな空模様の日であろう。

正解と言い切ることができるかどうかわからないが、以前アメリカの心理学者が実験をした。頼み事をしたときに、他人が快く承諾するのはどんな天候の場合かという内容だ。

気圧の関係で情緒の安定が左右されるというのは昔からよく言われていることだ。曇りの日に何となく陰気な気分になったり晴天のときに自然に笑みがこぼれたりする。外にあらわれるほどでもない小さな気持ちの変容を、私も感じたことがある。

学者の調査結果ではこう出た。

夏は晴れた気圧の高い日で、風が吹いている日に承諾率が上がる。

冬は晴れた気温の高い日で、特に相手が女性であると承諾率が高かった。

夏でも冬でも晴れた日は承諾率が高い。断られるのは湿度の高い日だそうだ。

季節は冬に向かっている。プロポーズをするなら晴れた暖かい日ということだろう。

宮崎県は日照時間が全国一と言われている。年間の日照時間は二千時間近くもあり、年間快晴率も他県に比べて高い。特に寒い時季の晴天率は際だってよい。とすると、太陽の光が降り注ぐ宮崎の大地に住んでいる私たちは、プロポーズの成功率が高く、いつも笑顔でいられるのではないだろうか。

椎葉村には平家落人伝説が残っている。平家討伐にやってきた那須大八郎と平氏の鶴富姫が、契りを結ぶ有名なエピソードだ。

吉川英治氏の小説『新・平家物語』によれば、ある日、大八郎のもとに鶴富姫が使者として交渉にやってくる。二人はしばしば会うようになり、やがて恋仲になるのである。世俗の垢にまみれていない若い姫が、屈強な追討軍の将と話し合うのは勇気がいったことだろう。

けれど思うに、那須大八郎と鶴富姫が最初に出会った日は、きっとよく晴れたさわやかな風の吹く日であったにちがいない。気持ちの良さを共有した相手には好意を感じるのが人間の心理であれば、晴天のもと二人が恋仲になっていったのもうなずける話である。

鶴富姫が那須大八郎に会いに行った日が、湿度の高いうっとおしい日で嵐の前日だったなら、悲恋の伝説は生まれなかったかもしれない。

何はともあれ、天候の良さに恵まれている宮崎県に住んでいる私たちは幸せだ。

今日も楽に笑顔になれる。

自分がプロポーズをされた日を思い出してみた。はるか昔のことだ。どんなに考えても、その日の天気は思い出せなかった。結局、承諾して結婚したのだから、晴天の日だったのだろう。それとも、愛があれば天気など関係ない。そういうことだろうか。

始皇帝のように

いつのころからか、終わりを感じることのできるものだけが好きになった。終わりの見える出会いだけに寄りかかって生きているような気がする。終わりが見えるからこそ人は出会いを大切にし、このひとときの人生を意義深いものにしようとするのではないだろうか。

中国の秦の時代、始皇帝が壮大な権力を手中にした果てに望んだものが、不老不死だったことは有名な話である。始皇帝は「終わらない」ことを望んだ。

始皇帝とは比べようもない私は「年をとりたくない」「死にたくない」と思ったことなど一度もない。

もちろん、あまり出来のよくない自分の顔に小皺ができれば気にするし、肌の手入れもせっせとする。けれど基本的な考えとしては、見苦しくない程度に年を重ねていきたいと思っているだけで、年齢にそぐわない形で若くいようというのとは少し違う。まして、いつまでも生きていることなど想像したくもない。

文学作品では、不老不死になったが故に悩む、絶世の美女が登場する。人魚の肉を食べた八百比丘尼とか、吸血鬼になった薄幸の美少女とか。不老不死になるのも大変なことなのだ。

延岡市今山にある徐福岩は、始皇帝から命じられて、不老不死の薬を探しにきた徐福が船をつないだ岩と伝えられている。

遠い日本まで薬を探しによこすなど、始皇帝も本気で不老不死を願っていたのだろう。

徐福はどうやら日向の海岸に自生していたハマユウを、不老不死の薬草だと思ったらしい。確かに青い海をバックに咲く白い花の美しさは、象徴的である。小さな実もなって、始皇帝に献上しやすい。

しかし、徐福は中国には戻らなかった。どんな思いで戻らなかったのかわからないが、不老不死でいることのむなしさを考えたからかもしれないと思う。

昨年末から今年にかけて、よく本を読んでいる。活字を読んでいるときの幸せは、子どものときから変わらない。初めて読む本もあるが、久しぶりに読み返す本も多い。

ガルシア・マルケスの『百年の孤独』を何年かぶりで手にとった。ガルシア・マルケスは南米コロンビアのノーベル賞受賞作家だ。小さな字の四百三十一ページを初めて読んだときはとても苦労したのだが、今回は意外にも楽しんで読み終えることができた。しかし登場人物の名前がごちゃごちゃしているので、集中力が要求される。

「『百年の孤独』を読むから静かにしてね」

と家人に告げると、

「えっ？　どうやって『百年の孤独』を読むの？」

「目で読む」

と答えると不審な顔をされた。

かみ合わない会話の理由は、すぐにわかった。家人は「百年の孤独」という有名な焼酎の話のつもりだったらしい。

さて、ブエンディア一族の百年の物語を読みながら、コップで日本酒を頂いた。寒い時期の日本酒のおいしさは何ものにも代え難い。とろりとしたお酒を頂きながら、活字に酔う。この瞬間がいつまでも続きますように。

そして気付いた。終わらないことを願う私は、いつのまにか長い時間をとび超えて、始皇帝の心に寄り添っていた。

リリエンタールの風

彼はいつも風を待っていた。

小高い丘から前方に広がる斜面を見ながら、自らの夢が風に乗って飛んでいくのを信じて。

彼の夢は空を飛ぶことだ。

オットー・リリエンタールは、ハンググライダーの飛行実験を繰り返した航空パイオニアの一人である。ライト兄弟にも深く影響を与えた。

残念ながら彼は飛行中に墜落し、その怪我がもとで亡くなってしまう。四十八歳だった。彼の夢はいつも風とともにあった。

宮崎にも飛行機に興味をもち、空を飛ぶことを夢見た男がいた。

一八九六年、延岡市に生まれた後藤勇吉である。

JA延岡に「空飛ぶ新玉ねぎ」のブランドがあるが、生鮮農産物の空輸を初めて試みたのも後藤勇吉である。リリエンタールは玉ねぎが空を飛ぶことを想像していただろうか。

日本初の一等飛行士であり一等操縦士となった後藤勇吉は日本の空を飛んだ。

残念なことに、後藤勇吉も飛行機の事故で亡くなってしまう。大西洋横断飛行の訓練中だったそうだ。三十三歳だった。

しかし自分の夢を追い続けた彼の姿に、たとえ短い生涯であっても、夢をもって精一杯生きた人間の美しさと潔さを感じる。

「夢は必ず叶うよ」

小学校で六年生を担任するときには、私はそう話す。

「そんなことありませんよ。叶わないから夢なんです」

二十一世紀を生きる十二歳は、冷めた口調で私を諭す。

だから言いかえる。

「夢の半分は必ず叶う。だからできるだけ大きな夢を持ちなさい。大きな夢の半分が叶えば、小さな夢の全部が叶うより素晴らしいから」

子どもたちは納得して、

「先生の夢は？」

と訊ねてくる。

実は私の夢は、今でも宇宙飛行士になることなのだ。

空を飛ぶことを夢見たリリエンタールや後藤勇吉。他のたくさんの人たちが飛ぶことを考えたように、私は宇宙を飛んでみたいと、子どものころから思っていた。宇宙に関係する仕事につきたいと本気で考えていたのだが、数学や物理などの科目がさっぱり理解できず、高校生のころにはあきらめた。

「では先生の夢は半分も叶っていませんね」

と子どもたちは言う。

「今から私の夢は叶うのよ」

そう言うと怪訝そうな顔をされた。

私は自分の夢を諦めていない。

いつか、私が教えた子ども達の中から、誰かがきっと宇宙飛行士になって、地球の外へ飛び出していく日が来ると信じている。そのとき私の夢の半分は叶えられたと思うのだ。

だから教師という職業を選んだのかもしれない。

後藤勇吉が春風号に乗って日本一周飛行に成功したように、私の夢も叶いますように。

後藤勇吉のことを考えていた私は、風とともにあるような人生の旅を続けるためには身軽にならなければならないと、突然考えた。そこで、なぜか携帯電話の中の写真と、何気なくたまっていたメールのすべてを消し去った。小さなことだが、ああいい気持ち。心も電話も軽くなった。

さあ、リリエンタールが待ちつづけた風に吹かれて今日も歩いていこう。顔をあげて。

さようなら

「地球が明日滅びるとも、きみは今日リンゴの木を植える」

東ヨーロッパの詩人ゲオルクの言葉だ。

今までこの言葉にどれだけ考えさせられ、心が動かされたかわからない。その時の年齢と状況によっては、それほどの感動がないこともあるのに、三月のこの時期には毎年不思議なほど胸にせまってくる。

十八年住んだ宮崎の町を出て行くことを彼女から告げられたのは、二月の寒い朝だった。小さなストーブで手をあぶりながら、彼女は静かな口調で、夫の転勤のために関西の街へ帰っていくことを私に告げた。

五十二歳の彼女の目尻の笑い皺と、ふっくらしたやわらかそうな指を見ながら、私は言葉を失った。

この一年間一緒に仕事をした。障がいのある子どもへ向けるまなざしの確かさと優しさ。もともと兵庫県で教員をしていた彼女には、教えられることばかりであった。

十八年宮崎に住んでも、彼女の関西弁のアクセントは抜けていない。

「宮崎の言葉には、夫も私も最初はとまどったのよ」

彼女は笑いながら言う。

彼女の夫が釣りに行って魚がかかった。釣り竿をあげようとすると、近くにいた人達が、

「あげない、あげない」

と声をかけてくる。魚がかかっていて竿を上げなければならないのに、大きな声で「あげない」と怒鳴られて驚いたそうだ。「あげない」が「あげなさい」ということだとは知らなかった。そんな笑い話をたくさんしてくれた。

宮崎県の言葉は、県北の方と都城を中心にした諸県地方とはかなり違う。これは天領を中心にしたところと、薩摩藩の影響を受けたところとの違いであろうと言われている。

以前勤めていた小学校には、都城出身の先生と、延岡出身の先生と、日南出身の先生と生まれも育ちも宮崎市内の先生がいた。

おかしかったのは、それぞれのクラスの子どもたちの言葉が、担任の先生の言葉に似てきたことだ。一日中一緒に生活するのだから、自然にそうなってしまうのだろう。アクセントまでそっくりになり、かわいく思った覚えがある。

知らない言葉に接するときには新鮮な喜びもあるが、自分だけ知らないのではないかという疎外感もある。十八年の間に、彼女はそんな疎外感の穴を一つ一つ埋めてきた。けれど、アクセントだけは、変えることができなかったのだろう。

彼女と同郷の私が関西弁のアクセントを聞いて、どれだけ慰められたことか。都城の男性と結婚し、清武弁をしゃべる子どもをもった私が、彼女と話すことで故郷に帰ったようにほっとした思いをもつことができたのである。

十八年の間に、関西にいる母親と弟を亡くした彼女の胸に今あるものは何だろう。

春の陽射しの中、伊丹空港行きの飛行機に乗って、彼女は去っていく。

何日後かに訪れる別れの日に、たぶん私は泣かないだろう。

彼女を失ってどんなに淋しくても、私の故郷へ帰っていく彼女にどんなについていきたくても。
辛い別れの日であっても、ゲオルクの言うように、自分の営みにきちんと向き合う。
地球は明日滅びたりはしない。
彼女にも私にも、新しい出会いがきっとあると信じている。

わたしの春

また、春をつかみそこねた。

宮崎で確実に春をつかまえるのは難しい。

だっていつから春なのかわからないうちに、初夏になっているから。

春の服を何回着るだろう。何枚も持っているような気がするのに、ほとんど着ないまま、いつのまにか半袖ばかりを着ている。

今年は自分が転勤だったし、初任者担当という新しい仕事についたばかりだったので、例年以上に春を感じることができなかった。

私の担当する四人の新人さんは、とても素直そうで美男美女だけれど、少し不安げで緊張している。四人を前にしていると、たまに胃が痛くなる。それでも私の大切な四人だから大事にしたいと思う。

長い一年を乗り切るためには、美味しい食事に限る。それにお酒も少し。

このところ五ヶ瀬ワインを毎晩頂いている。五ヶ瀬町内のみの発売というコピーに焦りを感じて、大量に新酒を買い込んできた。甘い白ワインはチーズと。少し辛口の赤ワインは夫の母が作ってくれる蕗の煮付けと。

山菜料理も得意な夫の母は、三月から四月の初め、ワラビと筍の味噌汁を作ってくれる。ワラビは手詰み。竹の子は古参竹。細くて柔らかい穂先だけのような筍は、生で食べてもえぐみのない美味しさである。

空気でも風でも花でも、春を感じることのできなかった私は、せめて食べ物で春をつかまなければならない。

宮崎の春は、白魚の春でもある。そう思っている人が、多いのか少ないのか知りたいものだ。少なくとも私は、宮崎の春の味覚として、白魚をあげたくなる。白魚はどこの地方でも食べるが、宮崎県では早春に食べることができる。

白魚のかきあげが好きだが、「躍り食い」として出てくることが多い。

一緒に食事をするメンバーに若い女性がいると、キャアキャアと騒ぐ。

生きている白魚を、うずら卵を溶かした酢醤油にそのままつけて頂くのだから、騒ぎたくなるのはわかる。

白魚も苦しくて暴れるから、テーブルにも顔にも、酢醤油が飛び散る。

生きた白魚ののどごしは、おいしいとも言えず、しかし、まるっきり否定するのもどうかというような代物である。

透き通った細身の体に、つぶらな黒い目が二つ。鉢の中で泳いでいるが、まさか生きたまま食べられるのだとは思っていないことだろう。

それをつるるんつるるんと食べてしまうのだ。

ああ、何だか罪悪感。

ごめんなさいと言いながら、食べなくてもいいのにね。

春の味覚を食べるだけ食べて、まもなく四月が終わる。

そして、ふと気付いた。

私の前に立っているこのフレッシュな四人の青年は、私の春なのだ。

不安げで、そのくせ青年特有の自信もあって、明るい瞳をしている。

私はこの一年間、四つの春を抱えて仕事をしていくのだろう。

来年の三月、私は四つの春を手放して、幸せで満足している。

そんな自分をイメージしながら、今日の日を過ごす。私の四つの春は、今日も一生懸命で、明るくて、輝いている。

今年は春を抱きしめたまま、夏へと、秋へと、冬へと向かっていくのだなあ。

弦音

キャン。

ポンッ。

何と表現すればいいのだろう。矢を射放った瞬間の音。

弦音（つるね）というそうだ。

静かな弓道場に弦音は響く。私は身じろぎもせずに、余韻の中にたたずむ。やがて空気の中に溶け込むように、弦音は消えていく。

五月になった。

ゴールデンウイークが過ぎ、梅雨になる前のこの時期、走り続けてきた自分を振り返って、疲れていることに気付く。座り込んではだめだと思いつつ、ため息をつきながら座り込んで、立ち上がれなくなってしまうことがある。

四月に新しい生活を始めた方も多いだろう。進学、就職、転勤、転居。

矢が飛ぶように夢中で走ってきたけれど、新緑の美しい今、自分の深いため息の中にひたりこんでしまう。

いつのまにか弦音は消えており、自分がどこにいるのかわからなくなっているのだ。

四月。平均睡眠時間四時間という十日間のあと、私は一時的に聴力が落ちてしまった。睡眠不足とパソコンの打ちすぎが原因だ。それでも私の中で弦音は響き続けていたから、走り続けた。仕事が一段落したとき、ふと弦音が聞こえないことに気付いた。自分の居場所が見えないような気持ちがしたのだ。

弦音という言葉は、弓師の方に教わった。

都城は竹弓の生産では日本一だ。弓の材料となる真竹とハゼの木が豊富にあり、都城島津家の武士の間でさかんに弓道が行われたことで、弓作りが盛んになったと言われている。

八百年以上も前に始まったと言われている弓作りは、現在、宮崎県の伝統工芸品として認定されている。

何年か前に、弓作りの見学をさせてもらったことがある。

都城大弓は競技用の竹弓もさることながら、装飾用としての美しさも定評がある。すらりと伸びやかな様子。触れずにはいられないカーブの絶妙さ。

弓師は百本以上のクサビを打ち込みながら、カーブをつけていく。一本のクサビを打ち込むごとに、形がついていく。弓師の熟練の技と勘が冴え渡る瞬間であろう。

他の伝統的な産業と同じく、後継者が多いというわけではないと聞いている。しかし、確実にその技術と心はつながれていっているとも聞いた。

今、五月の風の中に私達はいる。

次の矢はもう放たれているのだ。

誰でも新しい弦音の中にいる。

弦音に耳をすませよう。泣きたくてもほんの少し笑顔になって、隣の人に話しかけてみよう。濡れた若葉にも鳥の鳴き声にも心を動かせてみよう。若葉の柔らかさは、自分の心の柔らかさと同じなのだ。

『星の王子様』の著者のサン・テグジュペリは、「生きるということは徐々に生まれることである」と言った。刻々と生まれつつ成長していくのが生きるということだというのである。

四十四歳という若さで戦死したテグジュペリだからこそ、生きることへの賛歌ともいうべき、この言葉に重みがある。

こうしている間にも、矢は次々と射放たれていく。弦音の聞こえる間、またひとしきり走り続けてみようと思っている。

生きているというのはいいことだ。そう思える一瞬を求めて。

いのち愛し

祖母が私を呼んでいる。

このごろたまにそう思う。

関西に住む母に話すと、電話口で泣かれてしまった。

三ヶ月前、九十六歳で母方の祖母は亡くなった。癌だった。

「九十六歳まで生きることができて、本望だっただろう」

こう話す人がいる。

そうかもしれない。

けれど、私は惜しくてたまらないのである。長寿だったからこそ、本人が望んだように、あと少し生きさせてやりたかった。

祖母は延岡市沖六キロにある島野浦という島に住んでいた。

大正二年に生まれ、宮崎県産婆看護婦学校を卒業したあと、島で助産婦を開業した。産科医のいない島でのお産の介助。人には言えない苦労があっただろうと思う。

親子三代二千人を取り上げ、「島の母」などと言ってくださる方もいる。

島の自然を愛し、島の人を大切に思い、自らの仕事に誇りと情熱をもっていた。

長女の娘である私は、祖母に一番可愛がられた孫であったように思う。

大学卒業後に母は関西に在住してしまった。母は自分の代わりに、大学を卒業したばかりの私を宮崎に送り込んだのである。

今、ここに居て、幸せにさまざまな営みを持ちうるのも、祖母たちがいてからこそのことだったのである。

祖母が愛した島野浦は、美しい島だ。延岡市浦城町から高速艇で十分。周囲十五キロあまりの小さな島だ。約四百世帯、千三百人程が暮らしている。「メキシコ女王伝説」なども残っており、ロマンチックな香りもする島であるが、主要産業は漁業であり、骨太のたくましさにも満ちている。

島の周囲では、世界最大級のオオスリバチサンゴの群生やテーブルサンゴを見ることができる。高台から港を臨むと、白い水しぶきをあげながら港に出入りする船を見ることができ、その様子はいつまでも心にとどめておきたい美しい風景だ。

短歌が趣味だった祖母は、生涯に二冊の歌集を上梓した。その中にも島の自然に目を向けた歌がたくさんある。

幼日のあそび処はわが家の下太平洋に連なる潮
六十万燭光琥珀色せる海の上に小魚あまた乱舞なす見ゆ

二冊目の歌集のタイトルは『いのち愛し』だった。島の助産婦という生涯だった祖母らしいタイトルである。

「自分の命と引き替えにしてまで、我が子をこの夜に送りだそうとする母親たちをたくさん見てきた。誰一人も死なせるものかと、頑張ってきたとよ」

祖母の言葉は今も心に残っている。

六月は雨がよく降る。

雨の日も好きだが、自分の内面ばかりを見てしまうような静かな雨の降る日は、少し辛い。

庭に目をやると、うす紫色の紫陽花の花が雨に濡れているのに目がいった。私の手元に遺された祖母の着物と同じ色である。

壁にかけたままの一枚の着物を見ながら、今日も祖母のことを
思い出す。この着物に手を通すとき、私は何を思うのだろうか。
祖母の声に誘われるのか。
それとも、いのち愛しと笑顔で言えるのか。

夏の誘惑

薔薇ノ木ニ
薔薇ノ花咲ク。
ナニゴトノ不思議ナケレド。

北原白秋の『白金之独楽』という詩集の中の詩の一節だ。

当たり前と言えば当たり前のことが起こる不思議さを、感じることのできる自分だろうか。時々、そんなことを考える。

ふう、暑い。

宮崎に夏がきた。

どうしてこんなに暑いのかしら。

夏だから暑いのは当たり前。でもこんなに暑いと、一日の終わりにはくたくたに疲れてしまう。
三十二、三度では誰も驚かない。三十五度を越えると、

「さすがにちょっと暑いわね」

なんて、会話が聞こえる。

暑いので休日は用事がなければ、じっと家の中に閉じこもっている。夕方五時過ぎから、少しずつ動き出す。夜行性の動物みたいだが、夏に負けないようにするためにはしかたがない。

夕方の六時過ぎからドライブに出かけた。

宮崎市内から南バイパスを通って、日南海岸へ。海岸沿いを走る。

バイパスが完成して、堀切峠を通らないでも日南方面へと行くことが出来るようになっているが、途中からあえて堀切峠を通るルートを選択する。

カーブにさしかかると、海岸沿いに植えられたフェニックスが無理なく目に入り、揺れる葉越しに太平洋がぱあっと広がる。

絵はがきそのままの風景だ。この景観を守るのは大変だろう。しかし、いかにも宮崎らしくて、大切にしたい風景だ。

ロードパークという考え方でこの道をつくりあげたのは、宮崎交通の創始者の故岩切章太郎氏である。「大地に絵を描く」という当時としては卓抜なセンスで、宮崎観光の基礎を築いた。

宮崎県が新婚旅行のメッカなどと言われていたのは、昭和三十年代後半だ。当時日本全国で生まれた新婚カップルのうち、三組に一組は宮崎県を訪れたという記録もあるそうだ。

そういえば、カラオケに行くと、「フェニックスハネムーン」という歌を聴かせてもらうことがある。

ゆったりとした甘い歌詞だ。

フェニックスの大きな木は年中空に向かって葉を広げているし、ポインセチアやコバノセンナなど、季節の花は美しく咲いている。今日堀切峠周辺には、ブーゲンビリアやハマユウの白い花が咲いていた。近頃は数が減ってきたように思うが、真っ赤なカンナもところどころで見かける。ハネムーンには今でも最適だと思うけれどなあ。赤いカンナをたくさん植えたのも岩切氏だそうだ。

カンナの花言葉は「南の誘惑」。宮崎の夏らしい花言葉で、嬉しくなる。燃えるような赤い花を見ていると、

「夏だ。何かしなくては」

と気持ちがあせる。

夏の夕暮れ時。

車を停めて海を眺めた。

昼でもない、夜でもない、不思議な夏の夕暮れの時間。優しい明るさが静かな海一面に広がっている。水平線を眺めていると心が柔らかくなっていく。

一人で静かに海を眺めながら、誰かを思い出そう。そんなロマンチックな気分になるのも夏だからかなあ。

ああ、でも車にもどって家路をたどれば、頭の中に思い浮かぶのは冷えたビールと地鶏のももやき。柚子胡椒を多めにつけて、熱々をほおばると、ビールのおいしさが際立つのだ。この一杯のために、今日は一日がんばったのかもしれない。

ロマンチックな恋より地鶏のもも焼きとビール。それに完熟マンゴーのとろりと甘い香りで、私の夏は百点満点。

八月の花嫁

一枚
また一枚。

七月の終わりに、庭の白木蓮は葉を落としてしまった。一メートル五十センチ程の小さな木だ。それでも春の匂いがしはじめる三月、枝いっぱいに白い花をつけてくれる大切な木なのだ。それなのに、葉は枯れ落ちてしまった。

毎年、白木蓮が春を連れてきてくれるのに、来年わたしには春は来ないのかもしれない。そんなことを考えた。

ところが、八月の中旬になって、白木蓮に花が咲き始めたのだ。すっかり葉の落ちた枝に、蕾のようなもこもこしたものがついているのは気付いていたが、本当に蕾だったのだ。

今、白木蓮は満開である。

むくむくした柔毛におおわれた薄茶色の蕾から、白い花びらが盛り上がるように出てくる。ベルベットを思わせる厚味のある花びらは大きく開き、しっとりとしながらも華やかである。

白木蓮は花嫁のようだ。枝を覆う白い花びらは白無垢。夫となった男性を思う二心ない気持ちを、その白さにあらわしている。

白木蓮を見ながら、一人の花嫁を思い出した。その花嫁の白無垢も、胸に迫ってくるような濃い白だった。

半年前の三月、彼女は日南市にある鵜戸神宮で挙式した。良く晴れた空気の透明な午後だった。

白無垢は光をたっぷり含んで白さは輝くようで、打ち掛けのたもとには太平洋の風をはらんでいた。

「お母さん、きれいなお嫁さんね」

双子の娘たちが、繰り返し話しかけてくる。

確かに、花嫁とはこんなに輝くものかと思わされる姿だった。はにかんで伏せる目、微笑む口元、桜色の頬と紅の愛らしさ。

こんな姿で嫁ぐ日が、娘たちにもいつかやってくるのだろうか。

鵜戸神宮には、「鵜戸さん参り」の風習が明治中頃まで残っていた。

新婚夫婦が縁結びの神様である鵜戸神宮に参詣する。宮崎平野からはおよそ三泊四日の旅だったようで、七浦七峠を回っての徒歩の旅はかなり大変だったようだ。

それでも「鵜戸さん参り」は、当時の新婚旅行でもあったのだろうか。民謡の「シャンシャン馬道中歌」で歌われるように、甘く嬉しい思い出につながるものであったに違いない。

実は、花嫁も花婿も東京に住んでいる。鵜戸神宮で挙式するために、飛行機に乗ってやってきたのである。縁結びの神様である鵜戸神宮で挙式したのだから、きっと幸せになることだろう。

当時の風習では、参詣を終えたあと、花嫁を飾り立てて馬に乗せ、花婿は我が家へ連れて帰る。馬の首にシャンシャンと鳴る鈴をたくさんつけたそうだ。何とも心楽しい眺めではないか。

私は平成元年の二月に結婚した。シャンシャン馬には乗らなかったが、幸せな花嫁だった。双子の娘たちにも、同じような幸せを願わずにはいられない。

「結婚写真を見せて」

鵜戸神宮から自宅に戻った途端、双子から要求された。

白無垢、色打ち掛けの着物姿。真っ赤な燃えるようなドレスと白いドレス。何となく忘れていたが、たくさんの写真があった。

「これが一番きれい」

双子がほめてくれたのは、白無垢の着物の写真。

「でも、今日のお嫁さんの方が何倍もきれいだけれどね」

とひとこと付け加えていた。

ああ。白木蓮は八月の陽射しに負けることなく、堂々と立っている。結婚半年、鵜戸神宮で挙式した花嫁は、今もきちんと幸せだ。堂々と毎日の生活を築いている。

花びらはやがて散っていく。けれど幹はまっすぐに伸び続けている。そして三月、白木蓮はまた春を連れてきてくれるに違いない。

ランナーズハイ

「毎晩、大淀川沿いを海に向かって走ります」

そう私に教えてくれたのは職場の若い男性。

マラソンが趣味である彼は、南郷町で行われる黒潮ロードハーフマラソンや青島太平洋マラソン、綾照葉樹林マラソンなど、県内各地の大会にエントリーして出かけていく。

走るのは気持ちがいいそうだ。

そうだろうか。四二・一九五キロなど、テレビで応援しているだけでも息苦しくなるのに、実際に走るなど私にとってはとんでもないことである。

しかし彼の場合、二十五キロを過ぎたあたりから何とも言えない高揚感に包まれて疲れを感じず、気持ちよく走り終えてしまうのだそうだ。

これはランナーズハイという状態で、長距離を走る選手なら誰でも経験があるらしい。

四二・一九五キロを走るために、彼は毎晩トレーニングを欠かさない。

大淀川沿いを海に向かって走るナイトランは、スピードに心地よく乗って気持ちがいいのだと話す。

「健康的なのね」

私はため息をつく。私の健康法は好き嫌いなく食べるということぐらいである。それでもたまに暴飲暴食に近くなって不健康きわまりない。彼のように健康的に生活したいものだ。

私がそう言うと彼は、

「いつも走ったあとに煙草を吸うんです。だからほめられると恥ずかしいです」

少し顔を赤らめて教えてくれた。

煙草と言えば、私の父は愛煙家だった。一日に五箱吸っていたから、煙草を激愛していたと言ってもいいだろう。五十四歳で咽頭癌を患い亡くなったのも、煙草と無縁のことではあるまいと思う。

父の命を縮めた煙草を、だからといって私は嫌っているわけではない。

自分では煙草を吸わないので、その美味しさも吸わずにはいられない気持ちもわからないのだが、指先に細巻きの煙草をはさんで、遠い目をしてゆっくりと煙をくゆらせている女性に出会うと何だかぞくぞくする。

特に妙齢の女性がしどけなく煙草を吸う姿などは、一幅の絵を眺めているような気さえするのだ。

宮崎県は葉たばこの生産がとても盛んである。国富町、田野町、都城市などでは、葉たばこ畑の緑が美しい。柔らかそうな大きな葉が風にそよぐ様子も好ましい。

たばこが宮崎県に伝来したのは慶長年間と言われているから、四百年以上前のことである。最初は高千穂町と宮崎市に植栽され、広がっていったと考えられているそうだ。宮崎県の温暖な気候が、葉たばこの生産に適していたのだろう。

「走ったあとの軽い高揚感と一本の煙草が、現在の僕のストレス解消法です」

彼はすがすがしい表情でそう言った。

そうなのか。走ると彼のようにスリムでさわやかでいられるのか。心の中で一人うなずいて、こっそり実行することにした。

ランナーズハイも経験してみたい。ランナーズハイの状態で小説など書き飛ばしてみるとおもしろいものができそうだ。けれど、ダイエットと運動不足解消を兼ねて走り始めたものの、ランナーズハイの状態になるほど、走ることが出来ないことに今日気づいた。

あーあ。

雲の行方

「雲はどこにでも似つかはしい姿で現れる」

小説家中村地平の言葉である。

中村地平は、亡くなって久しい現在でも宮崎を代表する小説家で、その言葉は宮崎市の市民の森公園に、石碑として残されている。

十月になった。

私は空を見上げる。太陽の光は柔らかく、いつの間にか季節は秋になっている。

季節が進むのは嬉しいようで少し辛い。一日一日をカウントダウンしながら生きていくような思いは年をとらなければわからない。

四十七歳で何を言うかと叱られそうだが、それでもそんなふうに自然に感じるようになった。

だから今日の一日を大事にできるし、今日の出会いをいとしく思えるのである。

雲を見ると、いつだって中村地平とその言葉を思い浮かべるのは、ここ六年程の習い性だ。

六年前、中村地平の足跡をたどる番組をNHK宮崎放送局が制作した。『地平という雲』が番組のタイトルだった。縁あって、その三十分番組のレポーターをさせていただいた。貴重な経験だった。

岡林稔教授の『南方文学の光と陰』（鉱脈社刊）という著書に基づいて構成された番組だった。

岡林教授の本を何度も読み、中村地平の小説集も暗記するほど読んだ。

文学を志して東京に出た中村地平は、やがて宮崎に帰ってきて、郷里の文化振興と自身の文学に情熱を燃やしたのである。

中村地平の影響は、現在の宮崎の文化にとってはかりしれない。県庁前の楠が大きく育っているが、楠が枝葉を広げていくように、中村地平の地方文化と文学にかける思いは広がっているのである。

撮影のために様々な方にお会いした。心に残る出会いを重ねることができた。また、貴重な資料や写真もたくさん見せていただいた。交友関係の広かった中村地平が、井伏鱒二や宇野千代、岡本かの子、太宰治などとともに映っている写真は印象的だった。

中央文壇から高い評価を受けていたのに、宮崎に帰ってくるのはどれほど心残りのことであっただろうか。才能などとは無縁の私でもそう思うのである。

「雲はどこにでも似つかはしい姿で現れる」という中村地平の言葉には、深い意味があるような気がしてならない。

さて、雲はどこにでも、という言葉どおりなら、現在の私もこの場に似つかわしい姿でここに存在しているのだろう。風の吹くままにぷかぷかと流れながら、明日に期待しながら今日を過ごしている。今日もいい一日だと信じて生きているのである。

あのときの三十分番組は、夜の七時半からの放送だった。関西から母もやってきて、一同打ち揃って、放送を見た。

内容はすばらしい。構成もすばらしい。でも、レポーターの私が見劣りする。申し訳ない。そんな思いでいっぱいになった。

テレビできれいに映るのは、なかなか難しいことである。まあ、実物もたいしたことはないから、テレビ映りがよくないといってもしかたがない部分もあるのだがやっぱり見栄えよく映りたかった。

雲はどこにでも似つかわしい姿で現れるかもしれないが、テレビ画面の中の私は、あまり映像には似つかわしくなかった。

ごめんなさい。地平さん。

ヴェルレーヌのため息

秋の日の
ヴィオロンの
ためいきの
身にしみて
ひたぶるに
うら悲し

ヴェルレーヌの「落ち葉」という詩である。上田敏が訳したこの一節を、暗唱できていたのは高校生のときだ。大学受験のために覚えたもので、恥ずかしいけれど、詩を鑑賞するというようなことではなかった。

宮崎もやっと秋になった。

十月半ばまで、夏のように暑かった。いつまでエアコンを使う生活が続くのかと、汗をふきながら考えていたものだが、涼しくなってよかった。

それでも秋らしいさわやかな季節はほんの少しで、すでに朝夕の冷え込みは冬に近いことを思わせる。さらりと一枚長袖を着る時期はほとんどなく、たちまちニットのセーターを着始めた。

どの季節が好きかというと、秋が好きだと今は答える。調子のいい私は、同じことを冬に尋ねられると、冬が一番好きだと答えるのだが。

秋は色が好きだ。紅葉していく山や透明感のある空の青。今朝、晴れた空に白い絹糸がもつれるようにうっすらと広がる雲を見た。真夏の猛々しく盛り上がる雲の山とは違い、流れるように薄く広がっていた。秋だなあと思う。

読書の秋、食欲の秋。

そういえば延岡ではやなが架けられ、鮎料理のおいしい季節になってきた。

鮎は「香魚」ともいわれる香りの高い魚だ。鮎が川石に付着した水苔を食べることによって、独特の風味が生まれるという。

いつだったか日本酒に焼き鮎をつけたものを、飲んだことがある。少し生臭いのではないかと用心しながら、口に運んだのだが、その美味しさに驚いた。

香ばしさは焼いたせいでもあるが、生臭さなどみじんもない。川の流れの一片を味わっているようなさわやかな美味しさだった。

鮎は塩焼きにしたり炊き込みご飯にしたり、寿司にしたり昆布巻きにしたりと、料理の幅が広い。川魚は好きでないという人にもすすめたい魚である。

大人になるまで鮎を食べる機会はあまりなかった。甘露煮のような料理は正月に食べることもあったが、一匹のまま塩焼きにした鮎を子どものころに食べた記憶がない。大人になって、宴会で鮎の塩焼きに出合った。若いころである。尾をはねあげるようにして形良く焼かれた鮎は、化粧塩も美しく、すまして皿に載せられていた。

身が少ししかない。そう思った。隣に座っていた四十歳代の女性に、正直にそう言った。

「骨を頭ごと、きゅうっと引き抜いて、後は全部食べてしまうとよ」

そう言うと、彼女は箸で鮎の胴回りを何度もつまみ、やがて頭をもって、大きな背骨を引き抜いてしまった。見事だった。

私も真似をしてみた。左手で鮎の頭をおさえつける。鋭く見開かれた鮎の目が、「なにするねん」と私をにらむ。かまわず、胴回りを箸でもみほぐす。いい感じだ。そして、きゅうっと引き抜こうとしたが、うまくいかなかった。皮が破れて、身と小骨がぐずぐずに崩れてしまった。

ため息が思わず声になった。ヴェルレーヌじゃないけれど、

「ひたぶるに、うら悲し」

である。

春を待ちながら

ノースウエスト機内にアラスカ超ゆるまで『剣客商売』
読みつつゆけり

宮崎県の歌人である志垣澄幸氏の最新歌集『日向』に出てくる一首である。アメリカ大陸をめざしながら『剣客商売』に時を忘れるというのがおもしろくて、わたしも急に時代小説を読みたくなってしまった。

『剣客商売』は池波正太郎の時代小説だ。池波正太郎作品は、「鬼平犯科帳」などもっぱらテレビドラマで接することが多く、小説としては何冊かしか読んだことがなかった。

それでも「鬼平犯科帳」の中で鬼平が口にする真子鰈の煮付けとか、白魚と朝葱の小鍋などの料理レシピを集めた本は愛読書で、手元に置いてぼんやり眺めることが多い。実際に作ってみたこともある。現在の豊富な食材に比べて、江戸時代の限られた材料で作られる献立ではあるのだが、意外に深い味わいがしてたまにはいいものである。

十二月になって、宮崎でもやっぱり冷え込んできた。池波正太郎の小説に出てくる鴨鍋や蕎麦などを作ってみようかと思う。

鴨鍋は油が多くていやだという人も多いが、私はこだわりがない。あの表面に浮かぶ油こそ、冷え込む季節にぴったりだと思う。熱々の汁をすすると体が温まる。鴨をだしにして、蕎麦汁を作ると美味しい。寒くなるのはいやだが、料理の味は深くなっていくような気がする。

蕎麦といえば、十年以上前に諸塚村に住んでいたときにご馳走になった蕎麦の味は忘れられない。

夜神楽の晩だった。笛と太鼓が一定のリズムで間断なく続いていく。素朴な音の重なりの中で、舞い手が次々に変わりながら、神楽を奉納していく。変化がありそうであまりなく、見物しているど単調さに眠気を覚えるのだが、かといって目が離せない感じ。不思議な時間が続いていく。

神楽を見物するのは好きなのだが、実は見た経験はさほど多くない。諸塚村の戸下神楽、南川神楽、恵後の先神楽、高千穂町内の神社の神楽。見物経験はこれだけである。

神楽を見に行くときには、ひもでくくった焼酎をぶら下げて行く。当時は諸塚村内に住んでいた。暗くなって夕食を済ませてから出かけて行くのだが、出してもらう焼酎やお煮染などを遠慮なくいただいて、体の中から温める。

何しろ深夜の山の中の寒さは格別なのだ。手袋をしていても凍える指に、息をふきかけながら神楽を見るのである。

そんな深夜、大きな汁物椀にたっぷりと注がれた蕎麦をご馳走になったのである。蕎麦粉百パーセントで手打ちだから、短くて太くて、食べると蕎麦の匂いがする。それまで蕎麦の匂いを知らなくても、これが蕎麦の匂いだとわかるのである。

ごぼうやにんじん、椎茸や大根などたくさんの野菜がたきこまれていて、凍えそうな深夜の美味しい一椀だった。

『剣客商売』に出てくる秋山小兵衛の、四十歳も年下の若妻のおはるは料理上手だ。季節の野菜や魚などを工夫して調理して、小兵衛の食卓に並べる。

『剣客商売』を読んでよかった。おいしそうな献立がたくさん出てくるのである。春を待ちながら一品ずつ作ってみよう。

年女の気分

「頂いていいんですか」

私の本を手にして彼女はにっこり。

「あなたのじゃまにならないなら、差し上げるわね」

ほんの少し未練を感じながらそう言った。

職場でのある日のできごとだ。嬉しそうに彼女は去って行った。

今年になってから身辺の整理を始めた。体調がよくないわけでもなく、含むところがあるわけでもない。丑年になったからだ。

「はあ?」

身辺の整理の理由を話すと、皆一様に首をかしげる。

「私は年女だからね」

かしげた首は、ますます角度を増して傾く。

「一巡り十二年を四回も経験したのだから、すっきりしたいのよ」

何だかいろいろなものを抱え込み過ぎているような気が、近頃しているのだ。

物だけでなく、複雑な人間関係やそれに伴ういろいろな感情の糸など。感情の糸はこんがらがってしまって、近頃は毛玉もできているようだ。

このあたりで、物を捨てて、もつれた感情の糸を切り離し、本当に大切なものが何なのかを考えていこうと思っている。

昔話で、干支の動物の順番がどうして決まったかというのがある。

順番を決めると言われた動物たちは、神様から告げられた日に、神様のもとを訪ねることになった。計画的で慎重な牛は早くから出発したが、直前でねずみに先を越されてしまう。それでも干支の二番目にしてもらい満足したというお話だ。

昔話の牛のように計画的でも慎重でもないけれど、せっかく私の干支の牛が回ってきたのだから、どの瞬間も一期一会と心得て、潔く生きていこうと思っている。

年女のせいかもしれないが、一月は何かと干支の話をする機会が多い。

干支といえば、やはり北方町を思い出す。北方町は住所に干支地名がついている。新ひむかづくり運動の一環として干支地名に変更したと聞いている。

道路標識などに「子」や「卯」などと書かれているのは面白い。北方町には「ETOランド」もある。娘達が幼いときには、何度か遊びに行った。標高868メートルの速日の峰に広がるレジャーランドは、いろいろな施設があって一日中楽しめる。

ここ何年かは訪ねていないが、今でもあの大きな風車は回っているのだろうか。たっぷりと風をはらんでゆったり回る風車を久しぶりに眺めてみたいものだ。

そういえば、近頃は時々空があるのを忘れている。毎日の忙しさに追われているせいだ。

一月は宮崎でもさすがに寒いけれど、よく晴れた日には水彩絵の具を溶き流したようなきれいな青空が頭上には広がっている。澄んだ空気を吸いながら青空を見上げると、宮崎っていいなあと自然に思える。

大風車が回るように、毎日をゆったりと過ごすことができたらいいのだが。けれど仕事をして子育てをして家庭生活をがんばっている日常は、ゆったりとはほど遠い。私の忙しい時間は、しばらく続くことだろう。

未練をひきずりながら彼女にあげた本のタイトルは『疲れすぎて眠れぬ夜のために』だった。

未練の糸を断ち切って、今日は久しぶりに早く床につこう。

おとぎ話の終わり

「私もう行くわ」

話があるというジョーを振り切って、アン王女は去ってしまう。車の中で交わした最後のキスのシーンは、何度見ても涙が出る。

映画『ローマの休日』の一場面だ。ある国の王女様と新聞記者がローマで出会い、恋が芽生えるという話。オードリー・ヘップバーンの清楚な美しさが印象的な映画だ。

二人の恋が実らないことに涙が出るというよりも、どんなに新聞記者のジョーを愛していても、王女としての義務と責任を忘れない姿が胸にせまる。

古来より愛のために義務と責任を投げ出す話はよくある。それはそれで美しい話だ。けれど、これで終わりとけじめをつけることの強さと美しさにはかなうはずがない。そう信じている。

先日、橘通りを歩いていたら、オードリー・ヘップバーンそっくりの女性を見かけた。『ローマの休日』というより『昼下がりの情事』に出てくるオードリー。ゲーリー・クーパーを見上げる大きな目が、特に印象的だった。

宮崎にもこんな美人がいるんだなと思ったけれど、観光客が増えているこのごろは、宮崎の人とは限らないかもしれない。姿勢がよくて、まっすぐに前を見つめて歩いていた。

日差しが柔らかくなっていて、宮崎には春が近づいている。そう口に出したら、「宮崎はもう春だよ」と言われそうだ。

確かに庭のノースポールもパンジーも元気がよくて花をいっぱいつけている、アリッサムも白く盛り上がって、植木鉢からこぼれているではないか。

春は美しい。けれど、春は悲しい季節でもあるのだ。

卒業の時期であり、修了の時期である。転勤の時期であり、転居のきっかけもつかみやすい。

四月に始まった二十年度が、まもなく終わるのだ。

オードリーはもともとバレエをしていた。バレエを続けるには背が高すぎたので、ミュージカルの道に入り、映画の主役に抜擢されたのである。

イギリスからアメリカブロードウエーに旅立つオードリーを恋人は見送った。けれど、スクリーンの中に新しい道を見つけた彼女と恋人は、ついには破局してしまう。

『ローマの休日』のおとぎ話のように、現実に悲しい別れもあったのだ。

私が育った関西圏には学校も仕事もたくさんあったから、卒業しても、それがすぐに別離と結びつくというイメージはなかった。ところが宮崎県内には、大学を含めて各種の学校も少ないし、就職先も少なめだ。こんなに暖かく人柄もよく、住みやすい県なのに、学校や仕事を求めて県外に出かけていかなければならない。もちろん県外に出て生活するということは、自分の人生にとっては大切なことだ。

それでも、残された家族や恋人の立場になるとさびしいことだろう。

「わたし行くわ」

「僕、行くよ」

そう言ってこの三月も私の周囲から誰かがいなくなってしまうだろう。

そんな心の準備を始める季節。それが二月かもしれない。

四月に始まった楽しいおとぎ話がまもなく終わる。けれど、終わるのは第一章。第二章が始まるだけなのだ。第二章もきっと素敵なはず。元気を出して、笑顔を見せよう。

春が始まる

今年もやっぱり春がきた。嬉しくてたまらない。

「まったく。いつまでたっても子どもなんだから」

そう言われるけれど、とにかく嬉しいのだ。

清武町花は梅なので、町民の私は身近に梅の木を見る機会が多い。寒風にさらされながら梅の花が上品に咲くのを、上品な心持ちで眺めていたが、やがて桃の花が咲き、庭先のパンジーやノースポールなどが元気づいてくると、もうそわそわしてしまう。春だ春だ、何かしなくちゃと、踊り出したくなってしまう。

宮崎市内から青島へ向かう宮崎バイパス沿いには、今年も辛夷の白い花がきれいに咲いた。

宮崎ではフラワーフェスタも恒例だし、本当に花の美しいきれいな宮崎がまた始まるのだ。

温暖だからだろうか。宮崎県というのは、本当に美しい土地だと思う。

空の色、海の色。鮮やかな花。空気や風にまで色を感じる。

何歳になってもこんなふうに思うことができるというのは幸せなことだ。

「あなたは心配ごとがなくて、気楽に生きているからだよ」と言う人もいるかもしれない。

しかし、そういうことではないと思う。

ナチスの強制収容所に送られた人々でも、自然の美しさに感動する心を失わなかった人がやっぱりいるのである。

第二次世界大戦中、ナチスの強制収容所に送られた心理学者V・E・フランクルの『夜と霧』という本を読んだことがある。

伝えられる通り、想像を絶する収容所の生活では、生きていることができたとしても、人々は次々に精神的にも肉体的にもダメージを受けていく。

その中で、精神的にダメージを受けないことが少なかったのは、感受性の強い人びとだったと本には書かれている。

茜色の夕暮れの美しさや澄んだ空気。様々に形と色を変えながら動く雲。

そんな自然の美しさを感嘆して眺めることのできる人びとのみが、収容所生活で心を荒らすことなく生き残ることができたというのだ。

気持ちのもちようでどうにでもなるとよく言われるが、本当に不思議なことである。

忙しい日常を送っていると、自分だけが苦労をしているような気がすることがある。

そんなことはないとわかっている。けれど、仕事から疲れ果てて帰宅して、玄関先で靴を脱ぐ元気もなくて座り込んでしまうとき、どうして自分だけこんなに辛いのかとため息が出るのだ。

ところが一晩寝て、次の朝になると私は元気になる。

五時に起きてゴミを出すために外に出ると、広い空には星が強く光っているし、月はおぼろにかすんで浮かんでいる。だんだん太陽が昇ってきて、光が庭先の花に届くと、花びらがぱあんと開いて、わたしに「今日も元気にがんばって」と言ってくれる。

空を見上げると絵の具をそのまま塗ったような青空に一筋の雲。どこもかしこも春になって美しさを増しているのに、ぼんやりなどしていられないではないか。

「さあ、今日もがんばるよ」

と言うと、中学生の娘が大きなくしゃみを一つ。

「今日も花粉が飛びそう」

浮かれているわたしをうらめしそうに見ている。

一番の桜

お口をあけて

何でも食べることができるというのは、幸せなことだと思う。我が家の双子は中学生。女の子二人だが、このごろ特によく食べるようになってきた。知らない間に三杯目の御飯をよそっていることもあるし、おかずもよく食べる。

おかずの品数や量が少ない時など、「これだけ？」ときかれることもある。

学校から帰宅したときに、「今晩のご飯は何？」とたずねてくる子どもは安心だと、本で読んだことがある。

確かに無心になって食べる様子を見ていると、思春期の難しい年頃だといいながらも、何となく安心である。

双子の娘たちは今でこそ全然違うタイプに育ったが、幼い時には差をつけないように慎重に育ててきた。洋服やおもちゃも同じものを与え、食べる物も健やかに育っていくように、量や種類に気をつけた。

　けれど、二人の食べる事に対しての嗜好も執着もかなり違っていた。同じだったのは、苦労して作った離乳食や幼児食より、市販の納豆やヨーグルトに大きな口をあけていたことだ。

　一人の娘は、とにかく何でも食べる。初めて見るものでも、抵抗なく口に入れる。特に野菜類が大好きで、サラダや煮物などが大好物だ。食べる様子を見ていると、実においしそうに食べるので嬉しくなってくる。

　もう一人の娘は、肉と魚は好きだが、野菜類を苦手としている。小豆餡の類も苦手だし、和菓子洋菓子に限らず、食べるものと食べないものにこだわりがある。

　双子が小学生のころ、佐土原の鯨ようかんを初めて見せたとき、二人の反応はおもしろかった。

　鯨ようかんは、中央の白い餅の部分を両側から黒い餡ではさんだ、佐土原の伝統のお菓子だ。

　何でもよく食べる娘の方がとまどっていた。黒い部分が柔らかい餡だと思ってすぐ口にいれたら、弾力があったので驚いていた。餡は柔らかいものと信じていたのに、裏切られたような気持ちになったらしい。

食べることに関して用心深いもう一人の娘は、決して小豆の餡を食べない。しかし、鯨ようかんをまず指でつついてみて、この黒い部分は餡ではないと判断したらしい。おいしそうに食べてしまった。

もちろん鯨ようかんの外側の黒い部分は餡なのだ。それでも餅のようにねちっと弾力がある独特の食感の餡である。

うるち米を使って蒸して作る鯨ようかんは、程よい甘さで時々無性に食べたくなる。

佐土原藩島津家四代の忠高に男子が生まれたとき、「鯨のように大きく力強く育ってほしい」との願いがこめられて作られた菓子だという。しかし、伝統の菓子というだけではなく、佐土原の日常生活の中にとけ込んでいる味なのだ。

以前、佐土原に住んでいたときには、もらったり自分で買いに行ったりして、一週間のうちに何度も食べたものだ。

「お母さん、鯨ようかんを買ってきて」

娘に頼まれた。鯨ようかんにも双子の娘たちにも弱いわたしは、いそいそと買いに出かける。

おいしそうに鯨ようかんを食べている二人を見ていると、幸せを感じる。「あーん」と言いながら口に入れてやることは、今はもうないけれどね。

シャクルトンにはなれないけれど

何が今一番大切なことかを見極めることは大切なことである。自分でわからなければ、周囲の誰かにたずねてみればいい。みんな違う答えを出してくれるかもしれないけれど、自分が考えるためのよすがにはなる。

進学したり就職したり転勤したり転居したり。そんな四月を始めた人たちは、どんな十二月を迎えているだろうか。

苦しい十二月を過ごしているかもしれない。あるいは、難なく過ごした九カ月だったかもしれない。

挫折しらずに人生の道を歩いてきた人にとっては、今この瞬間も苦しいのかもしれない。

苦しいことを、宮崎では「きつい」と言う。きついときくと何かに締め付けられている様子を思い浮かべてしまう。体と心が締め付けられて耐えられないほど苦しいという状態なのだろう。

アイルランドの探検家シャクルトンは、一九二二年一月に四十八歳で亡くなった。南極をめざす航海の途上で氷塊に阻まれ、八カ月間漂流した。氷に押されて船が壊れ始めたので船を捨て、結局一年八カ月後、救出されている。絶望的な状況下においても希望を捨てず、冷静な判断と決断力で隊員の命を救った。すぐれたリーダーと今も称えられる所以である。

このときの船の名前がエンデュアランス号で、何冊かの本にもなっているので、翻訳本を読んだ方も多いだろう。

シャクルトンはまさか宮崎弁で「きつい」などと言ったはずはないけれど、漂流した年月はきついの一言だったことだろう。

わたしはシャクルトンにはなれない。リーダーの素質もないし、すぐに「きついよ」と音《ね》を上げてしまう。

「きつい」は「きちい」とも言う。「仕事がきちいなあ」「こりゃあきちいしてのさん」という使い方をする。

「のさん」という言葉もよく使う。たまらない、辛い、やりきれないという意味だそうである。

鬱屈した気持ちを表す言葉だと解説している本もある。

民謡「いもがらぼくと」は、黒木淳吉氏の作詞だが、原曲名は

「のさん節」だ。

「腰の痛さよ山畑開き」で始まる情景は、確かに大変な労働を歌っているのだろうが、眠気を誘われるような穏やかな宮崎の陽射しの下で、「のさんねえ」などと言われても、たいして大変さは伝わってこない。

「のさん」を使うのは宮崎県だけではなく、九州の他の県でも使うらしい。温かい地方に住む私たちは、「きつい」「のさん」などと言いながら、苦しい思いを表現している。

九州より自然条件の厳しい北国では、辛さを表現するために、胸にせまりくるような言葉があるに違いない。いつか調べてみよう。

けれど、苦しさを表現するような言葉のレパートリーは増えなくてもかまわない。「のさんのさん」とどこかぼっかりした発音の言葉を使いながら、生きていけたらと思う。

苦しさは相対的なものではない。他人から見るとたいしたことではないと思えるのに、本人にとってはどうしようもないほど大変な悩みであることの方が多い。生きているのだから悩むのは当たり前。苦しいのも当たり前。シャクルトンには及ばないけれど、せいぜい我慢強く生きていこう。

スキャンダル

「小説を書くことは誰でもできる」

私の持論である。

「そんなことはないでしょう。長い文章を書くことは難しいですよ」

必ずそう言い返される。

しかし、一生のうちには、誰でも小説になるだけの事件やエピソードを抱え込み、誰かに伝えたい気持ちではちきれそうになることがあるはずだ。そんな時、言葉はおのずから湧き出るように生まれてくるのではないかと思うのである。

宮崎は「神話のふるさと」と言われ、たくさんの言い伝えや遺跡が残っている。奇想天外な伝承をどこまで信じていいかもわからず、それにしては神話と史実どおりの遺跡があるので本当の話かと思うこともあって、興味深い。

スサノオノミコトの神話がある。アマテラスオオミカミの弟で有名人だ。私が最初に思い浮かべるのは、八岐大蛇を退治する話だ。長年、八岐大蛇に苦しめられていた里人を助けるために、スサノオノミコトは勇敢にも命を賭して戦う。見事に勝ち、美しいクシナダ姫をめとったミコトを、子ども心に英雄とはこのようなものかと思ったものだ。

宮崎でのスサノオノミコトといえば、姉を困らせる乱暴者としてのエピソードが有名である。生き馬の皮をはいで機織り小屋に投げ込み、そこで働く女性をショック死させるなどはよく知られた話である。

どうしてこんなにスサノオノミコト像が違うのか不思議だったが、鶴ヶ野勉氏の『もうひとつの日向神話』という本にわかりやすく解説されているのを読んで、このたび初めて理解することができた。

それにしても、スサノオさんにも言い分がありそうで、どちらの出来事についても「ぜひ小説を一遍お書きになったら」と言いたいのである。

ニニギノミコトにまつわる話もスキャンダラスだ。姉と妹の二人と同時に結婚をしたニニギノは、美人のコノハナサクヤヒメだけ手元に残し、容貌の劣るイハナガヒメを実家に送り返してしまう。これはひどい話で、イハナガヒメにはぜひとも小説を書いて、女流文学賞などをねらっていただきたいものだ。

ニニギノはコノハナと結婚したのだが、一夜の契りで妊娠したコノハナの貞操を疑う。怒ったコノハナは、自ら出口のない産屋に火を付け、その中で三つ子を無事に産むのだ。これもすさまじい話で、登場人物も生き生きとしており、感情豊かで魅力的だ。これだけの事件を経験したならば、ヒロインは自ら筆をとって小説を書くべきだと思うのである。

県北の高千穂町と高千穂峰の麓の高原町を結ぶ観光ルートを、県は「ひむか神話街道」と名付けている。

神話のひとつひとつをたどりながら、伝承を元に主人公になって小説でも書いてみたいものだ。きっと、もっと宮崎が大好きになるのではないかという気がする。

けれど、それよりもまず自分のポケットを全部裏返して、縫い目の奥まで眺めて、小説になりそうなエピソードを探してみようと思う。神話に負けないスキャンダラスな話が出てくるだろうか。

とろける幸せ

何だか妙な組み合わせだなと思うことがある。

チーズと饅頭。

レタスとエビと寿司飯。

チキン南蛮？　それにタルタルソース。

中でもチーズと饅頭の取り合わせは、二十年以上前、初めて出合ったときには驚いたものだ。

饅頭は餡が命。幼い時からそう思っていた。餡と愛し合って行く末までも行くはずだったのに、いつのまにかチーズと心を通わせていたのだ。饅頭の心変わりを思わず責めたくなる。

しかし、さっぱり味のチーズが饅頭の皮の甘みとマッチしておいしいこと。一口食べると、口の中でチーズがほろほろと溶ける。こんなにチーズとしっくりくるなんて、餡に対して悪いと思わないのだろうか。

饅頭を和風とするなら、チーズは洋風。和と洋の融合などと言うのは簡単だが、初めて組み合わせた人は、ちょっぴり勇気がいったことだろう。

チーズ饅頭は、昭和五十年代後半に宮崎県菓子組合の勉強会から生まれたと言われている。宮崎が発祥の地だ、いや小林だといろいろ言われているそうだ。

航空会社のキャビンアテンダントの女性達が気に入って、それから日本全国に広がっていったのだという話はよく聞く。

チーズは動物性のものではなく植物性のチーズだそうだ。そのあたりの工夫があってこそ、現在のようなポピュラーな菓子へと成長していったのだろう。

チーズ饅頭は購入する菓子店によって、もちろん味が違う。チーズの含有率も香りも違う。だから噛みしめたときの食感や甘みも、店によって個性が出る。

私の大好きな二十代の彼女は、レーズン入りのチーズ饅頭をよく食べていたと教えてくれた。

高校生のころ学校帰りに菓子店に寄り、チーズ饅頭を一個買って、ほおばりながら帰っていたそうだ。連れの友達は二個も三個も買って食べていたそうだから、レーズン入りもおいしいのだろう。

私は、高校帰りに友達とお好み焼きを食べて帰っていた。場所が違えば、買い食いの中身もこんなに違うのだと面白く感じる。

組み合わせの妙と言えば、レーズン入りチーズ饅頭を教えてくれた彼女こそ組み合わせの妙なのだ。

「日本舞踊が趣味です。着物も大好きです」

と初対面の時、笑顔で教えてくれた。

「発表会があったら観に行くね」

そう言うと、

「日本舞踊よりサーフィン、楽しいですよ」

笑顔で言われてしまった。

梅雨の時季だが、雨が降っていても、海に入るという。沖合で波待ちをしているときに、海面にたくさんの雨による波紋ができる。雨の日はその波紋を見るのも楽しみのひとつだそうだ。

彼女が一身に抱える和と洋は、日本舞踊とサーフィン。妙な組み合わせと言うまい。彼女の魅力なのだから。

和と洋の組み合わせを体現する彼女は適齢期で、恋人募集中と聞く。果たしてどんな男性を生涯の伴侶として選ぶのだろうか。楽しみである。和風の男性でも洋風の男性でも彼女なら大丈夫。チーズ饅頭みたいにおいしい幸せをつかむことができるよ、きっと。

ボンボンショコラ

とろり。

そんな食べ物はいくらもあるけれど、私の毎日のとろりはチョコレートである。

高級なチョコレートも好きだが、難しいことは言わない。スーパーマーケットで売っている普通の板チョコレートが大好きなのだ。

ビターよりミルクチョコレート。パソコンの打ちすぎで頭の芯が疲れているときにはチョコレートが一番きくような気がする。甘い物は何でも好きだ。健康のことを考えると困ってしまうのだが。

私の母は、成長期の娘のおやつに銘々皿に載せたきれいな和菓子を一つ用意するような母だったから、幼い頃は和菓子に慣れ親しんでいた。

季節の花を模したような生菓子は確かにきれいで甘くて美味しいのだけれど、上品に一つか二つを食べてもおなかいっぱいにはならない。

水泳部だった私は、何キロも泳いだあげくに小さな和菓子を出されてどうにもならない思いがしたのを覚えている。

宮崎でお菓子といえば、さて何だろう。

延岡のやぶれ饅頭、佐土原のくじら羊羹、宮崎の青島ういろう、都城の高麗菓子といったところはすぐに思い浮かぶ。

そういえば日南の飫肥せんべいも大好きだ。

郷土のお菓子でなくてもおいしい和菓子やケーキ類を売る店が、県内にはたくさんある。

時々新しいケーキ屋さんが開店しているのに気付くと、もう本当に嬉しくなってすぐに買い求める。

やっぱりチョコレートの系統のお菓子が好きなので、何とかショコラなどと名前がつけられたものにひかれてしまう。

ショコラというのはフランス語だ。ボンボンショコラは、一口大のいろいろな形と味のチョコレートが箱の中に美しく並んだチョコレートだ。ボンボンショコラを見ると宝石箱のようで胸がはずむ。

ホワイトデーにボンボンショコラをもらった。

細長い箱の中に十粒のショコラが並んでいる。台形で金箔が載ったものやら真っ赤なハート型のもの。細長いものもあったし球形のものもあった。普段なかなか口に入らない高価なチョコレートに大満足だった。

ボンボンショコラの楽しいところは、食べてみるまで中身がわからないというところだ。

アーモンドやナッツ類、ガナッシュやマジパンが入っている。キャラメルや何かのペーストがとろりと口の中に広がることもある。

私はチョコレートをつまみながらお酒を飲むのも大好きなので、ボンボンショコラが家にあるときには、ふだんはめったに飲まないウイスキーを用意する。

ボンボンショコラを口の中でゆっくりなめて溶かしながら、ウイスキーを口に含む。

ウイスキーをのどに通しながらなめ続けると、やがてショコラは口の中でとろり。

ああこれはアーモンドのペーストだろうかなどと考えながらまたウイスキーを一口。

そうして、飲みながら眠気がくるまで本を読むのである。

幸せなとろりの時間。

でも隣に座った娘たちは、私のボンボンショコラを口の中に次々にほうりこんでガリガリかじっている。

うーん。

愛するおイモ

うふふ。

サツマイモが大好き。

串間市に出かけて、サツマイモを買ってきた。

事前にＪＡ日向大束に電話をして、どこに行けば美味しいサツマイモを買うことができるのかたずねてみた。

電話に出たお姉さんはたいそう感じがよく、ＪＡの前にあるＡコープにくれば安くて立派なサツマイモが買えるのだと教えてくれた。

電話で話しながらわくわくした。

串間市の生産者の方からサツマイモを何度か送っていただいたことがあり、そのたびに感激していた。

だって箱の中から現れるのは、宝石のようなサツマイモなのである。近くの店でも串間大束のサツマイモだといってたまに売り出されているけれど、頂くサツマイモはまるで別物なのだ。

表面の小豆色は磨き抜かれた透明感で、上品さをかもしだしている。上下がきゅうとしまっていて、中央部にいくほどふっくらした姿。軽く握ると温かみがあって、持ちごたえもしっかり。

食べるのはもったいないぐらいなのだが、もちろん食べると、これはもう野菜ではないだろうという食感なのだ。

たまに土の下で育つ物は嫌いだという人に出会うことがある。つまり、じゃがいもや大根、里芋、にんじんなど、土の匂いは苦手だと言うのである。

サツマイモも土の下で育つ野菜である。けれど、土の下で育つ野菜は苦手などというわがままな口の人も、このサツマイモには文句のつけようがないはずだ。

それとも、同じ土の下育ちでも、これはやんごとない身分のサツマイモ様だとでも言うだろうか。

さて、JA日向大東前のAコープで出合ったサツマイモは、べリーグッドな物でした。大きさはMサイズ。送っていただいたことのあるサツマイモの大きさを予想していた私にとっては少し小ぶりだ。でも店の方にたずねてみると、味は同じなのだということだった。確かにMサイズでも、色も姿も他を寄せつけない美しさだった。

私が箱の中のサツマイモをぼんやり眺めていると、店に買い物にやってきた地元の年配の女性が、「こりゃあ一級品じゃ」とほめた。そして、ためらいもなく私の目の前の箱からサツマイモを一本取り出すと、頬ずりをして元にもどした。

二箱買う積もりだった私は、彼女の一言で三箱買うことに予定変更。大満足の買い物だった。

その後、一度訪ねてみたいと思っていた無人駅の福島高松駅に出かけた。

カーナビの教えるままに向かったのだが、初めは駅への入り口がわからずに通り過ぎ、二回目の挑戦で駅に着いた。この駅のことを小説で書いたことがある。実際に訪ねる機会を得ないまま資料だけで小説にしたのだった。

実際に訪ねた感想は、想像どおり。けれど、単線がずっと伸びていて、向こう側に牛舎があって牛がのんびり草を口にしている空気の色や匂いは、やはりこのホームに立ってみないと感じることができないものだった。

このとき買ったサツマイモを今晩オーブンで焼き芋にしてみる。そのあとふかし芋も作って、スイートポテトもいいし、素揚げにしてみるのもいいし、大学芋もすてき。ああ、食べたくてたまらなくなってきた。

一番の桜

プロ野球のキャンプが終われば春も終わったような気がする三月だったが、実は春はこれからだ。

どの季節が一番好きかと問われれば、春だと答えよう。

十六年前に諸塚村の小学校に赴任したときに見た桜の美しさが、私の中では一番の桜である。

関西で育つころは、桜といえば吉野山の桜を思い浮かべた。

吉野山までいくことができないときには、大阪造幣局の桜の通り抜けに出かけたものだ。

宮崎に来て、桜の名所をいくつも訪ねた。

都城の母智丘、高岡の天ヶ城公園、高城の観音池公園、西都原。でも一番は今でも諸塚村の桜である。

赴任した小学校の周辺は桜の木がたくさんあって、四月一日は満開だった。桜に埋もれたような印象の学校だったが、わたしが赴任している三年の間に、あらかた開発のために切られてしまって残念だった。

それでも、まだたくさんの桜が残っていて、わたしが諸塚村を離れるときには、引っ越しの荷物の上に花びらが散ってきた。

一片の花びらはダンボールの箱にも車のボンネットにも張り付いて、清武町までやってきた。

諸塚村を離れるときに、一枚の絵を餞別として頂いた。

彼は趣味で絵を描いている。

自分が描いたものだと少し照れて言いながら、くるりと丸めた画用紙を手渡してくれた。

一本の桜の木を描いたパステル画だ。まるで写真さながらの鮮やかさとパステル画独特の温かみがある。

画材店で額に入れてもらい、居間の一番いいところに飾っている。

桜といっても、花は一つも咲いていない木が描かれているのである。花芽が出る前の緊張感を秘めた木がそこには描かれているのだ。

わたしはこの木が好きだ。花芽をつける前のみずみずしい生命力のたぎりを感じるこの絵が好きなのだ。

三月が終わる。

四月からまた新しい生活が始まる。

一年をかけて芽をつけ花を咲かせ、葉を茂らせて葉を落とし、力を体の中に養いながら、わたしはまた四月を迎える。

自分の中に花芽ができているだろうか。四月になれば一つでも花を咲かせることができるだろうか。

この一年、自分の無力をなげくこともあったし、処理しきれないほどのいらだちで座り込んでしまうこともあった。誰だってそうだろう。

器用に生きていくことが出来ればどんなにいいだろうと何度も考えた一年だった。

人に媚びるということを憎んだ一年でもあった。

媚びるということは、「相手の歓心を買うためにふるまう」「相手に迎合しておもねる」と辞書には書いてある。

四十七歳という年齢になっている私には、本心をおさえて笑顔を見せたり媚びたり折り合ったりするのは自由自在である。しかし、実はそんな自分を憎んでいる。

わたしはこの一枚の絵の中の桜のように、緊張感を保った孤高を感じさせる桜の木でありたい。花は咲かないかもしれない。誰も見向きもしない。それでもわたしの心の中では花は満開になる。

わたしにとっての一番の桜。

メーテルリンク

何だかどうにもならないようなことばかりを考えてしまう午後がある。

少し曇りで、たまに陽がさして、風の全くない午後だ。

どうにもならないことって、どんなことだろう。

もう一度人生を歩み直すとしたら、どんな歩き方をしようとか、どこに住もうとか。あるいは、親と遠く離れてどうして宮崎県に住んでいるのだろうとか。

どうして昨夜はあんなに食べ過ぎたのかという反省もする。反省しても今さら遅く、消化されてすでに脂肪になっているに違いないのに。

それでも、過ぎることなく足らぬことない毎日の生活は、幸せと自覚するには十分だ。

メーテルリンクは、幸せの青い鳥は自分のそばにいると、童話の中で教えている。青い鳥か赤い鳥かは知らないけれど、確かに私の耳の横では羽ばたきが聞こえる。この羽ばたきは幸せの鳥のものなのだろうと思う。

一人ぼっちの午後、大淀川に出かけた。大淀大橋の上に立って河口付近を眺めるのも、川上を眺めるのも大好きだ。橋と川の流れの美しさが際立つ。風がないので、動いているかどうかわからぬほど穏やかな流れは、時折の陽光に川面を光らせる。

そういえば以前、大淀河畔の野鳥を観察したことがある。うろ覚えだが、国土交通省の催しだったように思う。

大淀川には驚くほどたくさんの鳥と、思いがけないほど大きな白い鳥がいた。足元の悪い川沿いを、草をかきわけながら進んで観察した。望遠鏡や双眼鏡で遠くの鳥を眺めるのは珍しく楽しかった思いがある。

鳥は鳴く。鳴くのは当たり前だが、その鳴き声は人によって聞こえ方が違う。

以前、御池野鳥の森へ行ったときも、人によって鳥の鳴き声の聞こえ方が違うのを不思議に思った。

ほととぎすが「ぎっちょんちょん」と鳴くとある本には書いて

あり、別の本には「キョッキョ、キョキョキョキョキョ」と鳴くと書いてあった。私には、ただ「キイッキイッ」としか聞こえなかった

「ブッポウソウ」と鳴く鳥も、どうやったら「ブッポウソウ」と聞こえるのかわからなかった。

鶏の鳴き声を日本では「コケコッコー」と聞こえるというが、外国に行くと違うらしい。使っている言語の違いだけではないだろう。不思議なことだ。

同じ対象物からでも、聞き方や受け取り方が全く違ってくる。あながち鳥の鳴き声ばかりではあるまい。

もしかしたら、人と人との付き合いもそうかもしれない。愚痴や不平不満や嫉妬などの感情は、ただ自分の心が作り出してしまう妄想で実態などはない場合も多いのかもしれない。悶々と自分の心が作り出した感情に翻弄されて、周囲の誰かを傷つけることも多いのかもしれない。

マイナスの言葉は口に出さないでおこう。だってマイナスの感情に自分の心まで彩られてしまうような気がするから。

風のない静かな一人ぼっちの午後は、幸せな時間だ。大淀川を

橋の上からぼんやりと眺める。

何事もないことが幸せの証。

メーテルリンクの絵本の中では、幸せの青い鳥はチルチル・ミチルの自宅の籠の中にいた。私の幸せの青い鳥は、自分の手のひらの中にいる。そして、私自身は娘たちの青い鳥でいたいと思う。ずっと。

君を残して

今年も延岡市で、天下一薪能が開催された。十一回目。

ほぼ毎年観ている。

昨年までは祖母と二人で観に行った。その祖母は三月に亡くなってしまった。

「のりこさん、来年も一緒に観にこようね」

祖母は椅子の上にちょこんと座り、にこにこしながら私にそう言っていた。

うなずきながらも「今年が最後かもしれない」と私は考えていた。九十五歳とはいえ、健康そのものであった祖母の体調が悪くなることとは、現実には予測できなかったのに。

いつもはそんなことなどしないのに、なぜだかカメラで、パンフレットを読む祖母の写真を二枚とった。その写真はパソコンの中に入れてあり、紙の上に落としてはいない。

毎年行っていた薪能、今年は観に行けないと思っていた。ところが、思いがけなくチケットが手元に舞い込んできて、観に行くことができたのである。

今年の演目は能「小鍛冶」「絵馬」、狂言「伯母ヶ酒」。

どれもすばらしかった。城山の石垣の前で行われる薪能を観るたびに、この石垣は昔からどれほどの音と声を聞いてきたのだろうと考えてしまう。

昨年は、舞台正面の前から二列目の席が手に入った。そんなよい席なのに、演目が始まると祖母はこっくりこっくりと寝入ってしまう。終わると目を覚まし、拍手をしながら「のりこさん、よかったねえ」と言うのである。

ほとんど観ていなかったたじゃないの、と心の中でつぶやくのも毎年のことだった。

昨年は城山の下で、車椅子に乗せてもらって上がった。足は丈夫だったのに、ボランティアの学生さんに声をかけてもらって乗る気になったのである。学生さんといろいろ話をしながら、城山に上がった。帰りは自分から声をかけて車椅子に乗せてもらい、楽しそうに会話をしながら下りていった。

「九十五歳には、見えませんね。若いですね」

そうほめられて、祖母はご満悦だった。

今年も車椅子を用意している学生さんたちを何人も見た。

昨年、祖母を乗せてくれた学生さんがいるのではないかと、目で探したがわからなかった。

薪能で出会う延岡の方は、一様に親切だ。座席案内をしてくれる中学・高校生のボランティアを含めて、心のこもった応対をしてくれる。

昨年までのように、年齢を重ねた祖母と一緒だと、その心遣いは一層嬉しいものである。

祖母はいないが、来年も薪能を観に来ることができるだろうか。炎を見つめながら笛と鼓の音に心をまかせていると、自然とそんなことが思われる。石垣は、祖母の姿と密やかな息づかいを記憶しているようだ。

昨年の薪能から一年、この場所にも祖母の記憶と時間が残っていたのだ。

今年も薪能を観ることができたから、ここで祖母を思い出すことができたから、記憶と時間はここに残したままにする。

来年、観に来ることができるかどうかわからない。今日のことすらよくわからないまま歩いているのに、来年のことなどわからないではないか。けれど、ここに残しておく記憶と時間は、能と炎と温かい人の心に縁取られている。

水のため息

水が好きだ。

飲むのも好きだが、泳ぐのも好き。水泳部だった少女のころは、毎日プールに入ることができて幸せだった。

激しい練習の中で、プールの水をだいぶん飲んだものだ。今思うと吐きそうだが、当時は何でもなかった。

次に生まれるときには、水の中に生まれたい。この季節には特にそう思う。

さて、選べるならば何になろう。魚の類か、貝？　あるいはナマコのようなぬたあっとした生き物も性に合いそうだ。

海も川も好きである。滝壺の中で涼しげに泳ぐのもいいなあ。

以前、「滝壺」という小説を書いたことがある。須木村の「ままこ滝」をイメージして書いた。

本庄川が小野湖に注ぎ込むところに「ままこ滝」があり、周辺は豊かな自然に囲まれている。夏から秋にかけては、山の美しさが際立つ。

「ままこ滝」には悲しい伝説がある。先妻の子を憎んだ後妻が娘を殺そうとしたあげくに、自分も一緒に滝壺に沈んでしまうという話である。

辛い話だ。

滝といえば、都城の「関之尾の滝」も毎夏一度は訪れる。

杉木立の遊歩道を下りたところにある滝は、「日本の滝百選」第三位に選ばれたことのあるほどの滝だが、それより滝上の「甌《おう》穴《けつ》群」が圧巻なのである。

甌穴は霧島大噴火の折に流れ出した溶岩のくぼみに川の流れが入り込み、削られてできたものである。

川幅八十メートル、長さ六百メートルにわたって広がる千数百の甌穴を眺めながら、木立の中のベンチでぼんやりするのは、無上の楽しみだ。

この甌穴群にも「静女《しずじょ》の悲話」という伝説が残っている。昔、島津のお殿様が甌穴の平たい岩の上で宴を催した。その酒席で、おならをしたと疑われた侍女の静女は、恥ずかしさのあまり滝壺に飛び込んで命を絶ってしまった。それからというもの、静女の命日になると、滝壺の中から朱塗りの杯が浮いてくるというのである。

水と悲しい伝説はここでもセットになっている。

どうしてかしら。

昔むかしから、入水して自ら命を絶ったり、あるいは水の事故で命をなくしてしまったりという実話が多いためであろう。

けれど、水にまつわる話は悲しいことばかりでなく、命が生まれてきたり水で助けられたりという話も多い。赤ちゃんはお母さんの羊水の中で命を育まれてくるではないか。

ああ、暑い。部屋の温度計は三十五度になっている。やっぱり次は深く冷たい水の中に生まれてこよう。

「私は次に生まれるときには深い海を泳ぐクジラになる」

中学生の双子の娘達にそう宣言した。

「ええっ。でも私達はクジラにはなりたくない」

と娘達。

「お母さんがクジラなら私達もクジラでしょう?」

「そんなことないよ。次に生まれるときには親子ではないかもしれない」

と私が言うと、娘達はしばらく沈黙。うーん、でもやっぱり、またこの双子のお母さんになりたいような気もする。でも娘たちは、次は猫になりたいそうだ。

大切な人の

大切な人の体調がよくなければ、どれほど心配なことか。いたわりと励ましの言葉を口に出すのは簡単だが、実はそれほど事は単純ではない。

病状もさることながら、病気に伴うさまざまな心の状態をおもんばかるのは、難しいことだ。

私自身はほとんど病気をしたことがない。昨年はかぜもひかなかったし、腹痛・頭痛というのもめったにない。

特別な健康法を実施しているわけでもないのだが、病院に行くのは予防注射か、自分が何かの病気にかかったと思いこんだときに限られる。それも結局は思いこみに過ぎないことばかりで、本当に病気だと診断されことはほとんどない。ありがたいことだ。

私は、病気はしないのだが、母は三十年以上喘息で通院している。薬をたくさんのむ母も、咳こんで苦しそうな母も、見慣れている。見慣れて、ずっと心配し続けている。

二年前に我が家へ遊びに来たときには、そのまま発作を起こして入院してしまった。

休日だったので、当番診療医のところに行ったのだが、そのまま入院になってしまったのだ。医師は、喘息は専門ではないと言いながらも、丁寧に診察をしてくれて、緊急入院をしなければならないほどひどかった母の命を助けてくれた。

やがて母は落ち着き、退院するまでの月日を静かに過ごすことができた。

高台にあるその病院から、宮崎市内の街並みが広々と見えて、大変気持ちがよかった。一月の冬の空は、どこまでも澄みきっており、絵の具を溶き流したように水色だった。

母は発作がおさまると窓際にベッドを移動してもらって、外ばかりを眺めて喜んでいた。

高層ビルの少ないゆったりとした街並みと空の美しさは、私もよく覚えている。

先日は敬老の日だった。母は七十三歳だ。

厚生労働省が発表した長寿の割合が高い都道府県は、沖縄、島根、高知、熊本と続いていく。私達の宮崎県も十位にランクインしている。

比較的暖かい地方に長寿の割合が高いようだ。

都城の田鍋友時さんも男性長寿世界一に認定されているし、暖かい地方に住むと長生きができるのかもしれない。

母は宮崎県出身だし、娘の私が宮崎に住んでいるのだから、もどってきてもよさそうだが、あまりその気はないようだ。関西に家も建てているし、私の弟妹もいるわけだから、今さら家をたたんで宮崎に帰らなくてもいいと思っているのだろう。それに、多趣味の母はいろいろなサークルに入って友だちも多いから、にぎやかな都会の生活が性に合っているのだろう。

でも、何だか宮崎で老後を過ごせば、関西で過ごすよりも長生きできるのではないかと考えてしまう。

特に、喘息の強い発作が起きたなどと聞いたときには、穏やかな宮崎の空の下で過ごせばいいのにと思ってしまう。

太陽の光に当たるのは健康にいい。最も宮崎の太陽の光は強すぎるけれど、殺菌効果だと思えば多少は我慢できる。

私も長生きしようかな。二人の祖母はもう亡くなってしまったけれど、どちらも九十歳以上生きた。亡くなる間際まで元気だった。私も元気なおばあちゃんになれそうな気がする。

［初出］

ひむか日和　朝日新聞（宮崎版）に計十九編を連載
（二〇〇七年十月～二〇〇九年三月）

一番の桜　未発表

[著者略歴]
曽原紀子（そはら　のりこ）

1961（昭和36）年生まれ。大阪教育大学卒業
「どんぐり」　2001年度みやざき文学賞小説部門1席
「声のゆくえ」　2012年度九州芸術祭文学賞佳作
著書『フラッシュ』（2007年　鉱脈社）、『遮断機』（2008年　鉱脈社）
現在、宮崎県都城市内小学校教諭。「しゃりんばい」編集委員

曽原紀子エッセイ集
あなたの香り

二〇一六年九月六日　印刷
二〇一六年十月六日　発行

著者　曽原紀子©
発行者　川口敦己
発行所　鉱脈社
〒八八〇－八五五一
宮崎市田代町二六三番地
電話　〇九八五－二五－一七五八

印刷　有限会社　鉱脈社
製本　日宝綜合製本株式会社